他們說的
美夢成真

Dream Come True

作者 —— 丹榮・皮昆　　　譯者 —— 王茵茵

本書適合兩種人閱讀：

有夢想的人，

以及

不曾有過夢想的人。

Contents

本書將幫助你了解、洞悉

人類與夢想之間的關係，

並進一步傳達如何憑藉自身力量

去追尋自己的夢想。

從一點點的意念轉變，

夢想，將引導出正確的信念。

從一點點的正確信念出發，

夢想，將創造出我們的自信。

從一點點的自信開始，

夢想，將創造無與倫比的成功。

　　不久前，一個陽光燦爛的午后，一位名叫法蘭克的年輕人在地區型博物館與高中同學不期而遇。

　　「嗨，史蒂夫。」法蘭克上前拍拍史蒂夫肩膀。

　　「法蘭克？！」史蒂夫驚喜回應：「好久不見啊！至少有十年囉，對吧？」

　　「是啊，好久不見。不過，」法蘭克話鋒一轉，有些悶悶不樂道：「老兄，你恰巧在我不幸的時間點遇到我。」

　　「你發生什麼事了嗎？」史蒂夫關心問。

　　「上個禮拜我失業了。」

　　「喔……那真的太糟了！但你不是警察嗎？」

　　「不是，我沒當成警察……」

　　「怎麼會變成這樣？」史蒂夫大感意外，他繼續道：「我記得校長和足球教練，甚至所有同學都知道成為傑出的警察是你的夢想。」

　　「事實上，我的生命裡發生許多令人討厭的事情，阻礙了我的發展。」

　　「這聽起來真的很不妙……法蘭克，你介意告訴我你的故事嗎？」

法蘭克搖頭表示不介意把發生在自己身上的不幸說出來，於是兩人坐在博物館外的石椅上，史蒂夫安靜地聽著法蘭克娓娓道來。

　　原來法蘭克的父親是一名首席工程師，經常被公司派遣新任務，因此從小一家人就被迫跟著父親四處搬家，光是高中時期，法蘭克就轉了五所學校。

　　「天啊！身為同學的我竟不知道你有這麼辛苦的一段往事！」史蒂夫同情的口氣中帶著鼓勵說道：「不過，這樣你應該會交到不少朋友。」

　　「不，剛好相反。每次和同學才熟悉起來，就又得搬家了，所以我一直覺得很孤單。」

　　「後來呢？」

　　「大學畢業後，我在一間軟體公司找到程式設計師的工作。」

　　「這聽起來應該是你人生邁向精彩的重要一步吧？」

　　「不，事情越變越糟。不久之後這間公司就破產了，我只好去找新工作。」

　　「哇噢！你真的過得很不順遂……」

　　「事情可沒有因此結束呢！第一家公司關門大吉之後，我

換過好多份工作，但是不知道為什麼，似乎我就是沒辦法讓生活步入正軌。」

「所以你對自己現在的生活感到不滿嗎？」

「是的。小時候我就不喜歡一直搬家、轉學這種變動不安的感覺，然而現在我的工作似乎也面臨同樣的問題。」

「那你認為你的未來有什麼可能性嗎？」史蒂夫再問。

「我覺得根本毫無未來可言。」法蘭克一臉萬念俱灰。

「何以這樣覺得？」

「我不知道。可是我就是無法不去這樣想。」

「法蘭克，我認為你絕對有美好的未來。你知道嗎？在我們重逢的當下，我真心以為你已經是很棒的警察，就如你年輕時懷有的夢想那樣，現在你只是需要我來提醒你而已。」

法蘭克陷入沉思，沉默著。

「我記得你是班上第一個清楚說出自己夢想的人。每個人都想要有自己的夢想，但包括我在內，當時我們都不知道自己未來想要成為什麼樣的人。」

「可是如今，我是個失敗者。」法蘭克沮喪道。

史蒂夫沉默了好一會，才下定決心似的問：「法蘭克，你信任我嗎？」

「信任你？我不懂你的意思。」

「你信任我的意見嗎？」

「是的。我一直都很重視你的看法，也相信你的建議。」

「那好，我想請你幫我一個忙，務必讀讀這本書。」史蒂夫說著，就從袋子裡拿出一本書遞給法蘭克。

「這本書寫的是什麼？」法蘭克問。

「夢想。」

「什麼？」

「裡面寫的全是有關夢想，以及如何讓你夢想成真。」

「有用嗎？」法蘭克不太有信心的問。

「當然！這本書改變了我的人生。」

「怎麼說？」

「說來話長，總之，你得先閱讀它。這本書提供了你所有疑問的答案。」

「真的嗎？」法蘭克還是有點遲疑。

「真的。我希望當你讀完的時候，它能改變你的人生，就像它改變了我的人生那樣。」

「徹底改變嗎？」

「是的。它會轉變你的想法，永遠改進你的一生。」

「好，我相信你。我會讀一讀的。」

「我希望我們的情誼能持續下去，所以我很樂意把這本寶貴的書送給你。只要你好好閱讀這本書，照書裡說的去做，我認為它會為你人生遭遇的困難帶來解決之道。」

「謝謝，你真的是我的摯友，但是我沒有禮物可以回贈與你。」法蘭克有些歉然地道。

「別在意。當你扭轉了人生以後，你一定也能回饋我一些美好事物。」

兩個老朋友珍視地看著彼此，一種惺惺相惜之情油然而生。史蒂夫緊緊握住法蘭克的手好一會才起身離去。

法蘭克望著史蒂夫逐漸消失的背影，然後低下頭看著手裡的書《他們說的美夢成真》。

「真的會有用嗎？」法蘭克喃喃自問的同時，翻開了書的第一頁，開始閱讀……

四個月後，史蒂夫收到一封老友法蘭克寄來的電子郵件。

親愛的朋友，我非常感謝你。

現在我終於知道為什麼我的夢想無法實現了，因為過去，我做錯太多事情了。從書中我學到許多準則，而今我知道該如何邁向成功。我猜想，應該還有好多人不知道這本書的核心主旨，這是多麼可惜的事啊！

你知道嗎？打從我們相遇的那天起，我就開始天天閱讀這本書，我甚至重讀了五遍！這本書的內容非常鼓舞人心，也點出如何實現夢想的簡單步驟。是你給了我一個很棒的機遇，這本書已經成為我生命裡從今往後最重要的東西。現在，我對於夢想、真實與靈感有全然的了解，並且正往美好的方向持續邁進，這一切都要歸功於你。

我決定買十本書，送給我的親朋好友，希望他們能夠得到和我一樣的啟發，更希望他們能將書裡的教導融入日常生活當中，享受美妙的圓夢之旅。

祝你好運，老朋友。期待我們再次相見！

法蘭克

出版者前言

透過正確的想法，採取正確的行動，人可以過著成功的生活。

許多人擁有夢想，也想要夢想成真——即所謂渴望有「成功的人生」。

但是如果抱持著不正確的想法，用錯誤的方式過生活，還渾然不覺自己所作所為是不對的，甚至做出與正確行動背道而馳的事情，那麼，結果必定是與「成功的人生」漸行漸遠。

因此，想要獲致成功的人生，最重要是以正確的想法做為開端，因為引導行動與作為的是心態與思維。

當心態有所不同時，想法也跟著改變。

當想法改變了，行為也會變得不一樣。

當行動不一樣了，生命的成就也截然不同。

雖然一個人要改變已經根深蒂固的想法與信念並不容易，但只要我們願意從今天開始改變，我們就有可能實現夢想，全世界所有成功人士都是這樣開始做的。

　　關鍵在於我們想要過什麼樣的生活？

　　我們要選擇秉持錯誤的信念繼續度日，等待成功從天而降；還是選擇用自己的雙手實踐夢想，不斷向前邁進的人生？這一切端看個人的抉擇與堅持。

　　相信此時翻開本書的你，必然已經下定成就夢想的決心了！

作者的話

人，生來就有夢想。

童年的時候，

我們曾夢想成為超人。

或曾夢想成為蜘蛛人。

也可能夢想成為超級英雄。

長大以後，

我們夢想成為工程師。

或夢想成為懸壺濟世的醫生。

又或者夢想成為護士或空服員。

但是當年紀逐漸增長，經驗更多的事物之後，
一方面我們好像變聰明了，也似乎越發明白事理，
另一方面卻變成那種會跟親朋好友告解「我無法成
為夢想中樣子」的人。

我們盡可能為自己找藉口，自圓其說「做不到的理由」。然後一直用這種方式過生活，並且習以為常。我們不自覺地反覆灌輸自己「做不到」的信念，直至成為潛意識的一部分。

然而在內心深處，我們其實羨慕嫉妒恨那些成功人士，覺得他們不過是運氣好罷了！明明心裡不甘心，卻又不敢也不願意承認和面對真實……

到底還要這樣因循苟且地生活下去多久呢？

此刻，一場全新的機遇即將展開，只要掌握書中指出的人生智慧與訣竅，那麼要想美夢成真，不必眾裡尋他千百度，就近在燈火闌珊處！

Chapter

1

微小夢想的開端

　　很久、很久以前，上帝創造世界，賦予人類及萬物生命，也創造了另一種具有靈性的精神力量，名為「夢想」，上帝更宣稱他們是人類的伴侶。

　　從此「夢想」成為有人類以來，便與人們共生並存的生命體。唯一不同的是，夢想會因為其依附主人的特性，而有所謂遠大或微小的差別。

　　概括地說，夢想猶如飄浮在主人頭上的白雲，每當主人遺忘了自己的夢想，他們便會消失。反之，一旦主人重新開始做夢，他們就會再次出現。

　　夢想的大小、形狀和色彩，均取決於主人的心願有多強。

　　人類的夢想也稱他們主人為「老闆」。不論是小孩或成人，都有自己專屬的夢想，人們僅需動動腦子思考一下，瞬間，夢想便會自然而然地出現。

有些人能同時擁有多個夢想，這時會有許多夢想之雲飄浮在他們的頭頂上。

夢想能經由思維感知到老闆的問題，也能像人與人之間一樣相互聯繫溝通。

飄浮空中的夢想，通常會趁老闆心思放空或忙著從事其他事情的時候，偷偷打盹兒。

有時候夢想會在背後議論自己的老闆，也可以說他們是在講老闆的「八卦」。有些夢想會對老闆的行為感到不悅，他們認為老闆如果繼續用同樣的方式處理事情，維持舊有的樣子，那麼夢想自己不就永遠都無法被實現了？因為每個夢想都懷有相同的願望——希望成為「真實」啊！

希望真實與已經真實的夢想，跟其他所有的夢想一樣，形狀都猶如雲朵。但是已經成為真實的夢想，雲朵的範圍看起來

比較大，還綻放著金色的光芒，閃閃發亮、耀眼奪目，非常美麗。

在視線所及或在附近飄浮的夢想，一看到閃耀金色絢爛光芒的夢想，便立即知道他的老闆已經夢想成真了。

實現夢想的人總是吸引其他人的欽佩。有時候這些被吸引的人也會受到鼓舞，成為促使他們實現自己夢想的動力。這種發生在兩個人類心靈間的連結，稱為「靈感」。

靈感能連結、傳遞好與壞的事物。良善事物的連結通常是美好的榜樣，還能給予夢想較小的人力量，讓他們能展開與實現自己的夢想，也有人稱這種連結為「正向思維」的力量。

如此看來「靈感」的感染力十分強大，不僅能驅使其他人踏出舒適圈，迎向挑戰、邁向成功，也能令人願意奮鬥、積極找尋充滿創意的事物來增添生命的光彩。

不過，有一種東西會抵消靈感，會讓人害怕面對真相、害怕思考，甚至害怕做夢或擁有夢想。這東西就叫做「負面思維」。

　　負面思維常常讓夢想消失，永遠不再出現。它像一種強大的疾病，能殲滅人類的夢想。

　　負面思維多數存留在從未成功的人身邊，但有時候它也會與成功人士生活在一起。這些人經常對他人散發負面思維的氣場。不幸接收到負面思維的人將會受到影響，變得苦惱、絕望、失去勇氣、軟弱、無精打采與沮喪。

　　如果我們讓這樣的負面思維繼續滋長，征服我們全部的思緒，我們就會徹底失去夢想，並且永不復返。

　　現在，本書將深入探討影響人類生命的力量，包括「夢想」、「真實」、「靈感」與「負面思維」。藉由了解才能為自己的人生開創強而有力的局面，改變每位讀者的生命藍圖。

　　因此，你將學到如何避免負面思維，負面思維會讓我們的意志消沈，深陷絕望與軟弱的困境和深淵，最後失去為人生奮鬥的意念與力量。

　　接下來，你會像被施了咒語般，在不知不覺中提升你的體能與精神力，為生命中想得到的事物奮戰！

Chapter

2

美夢成真學院

宇宙形成之初，上帝創造了夢想之後，就一直讓人類與夢想和平共存著。

有個名叫梅蒂的小女孩，她是個愛發問的孩子，尤其喜歡追問各種艱澀的問題，連大人們都難以回答。有一天，她做了一個充滿疑惑的夢。

梅蒂夢見一朵小小的雲，總是飄浮在她的頭上。當她沉浸在喜歡的事情裡，像是玩遊戲，雲朵就會暫時消失；如果她一想到未來的事，夢之雲就會回來。夢裡的梅蒂三不五時就有新雲朵從頭上冒出來，她自己不明白為什麼會做這樣的夢，但對經常創造新事物與滿懷古怪夢想的小孩而言，這是一種常態。

許多人在孩童時期的夢想並不見得很清晰，但隨著時光流逝長大成人後，夢想越來越清楚。然而，也並非所有的成年人都擁有清晰的夢想。有些人的夢想模糊飄渺；有的人則從來沒擁有過夢想。

梅蒂是個喜歡做夢的女孩。她總是幻想自己長大後，能成為夢想中想成為的人。

　　更精確地說，梅蒂很好學，十分多才多藝，最善於言詞、寫作和閱讀。她是班上成績頂尖的學生，算數學的速度可與大人匹敵。她還學習多國語言，會彈奏多種樂器，同時，她的歌聲非常優美。她也是名傑出的舞者，精於多項運動。她有著天才般的智商，擁有絕佳記憶力與優異的能力，儘管如此，她仍然只是個孩子，不曉得如何駕馭她的夢想，所以經常會有新的想法跑出來取代舊的夢想。

　　某天，她無意間聽到父母的對話，他們正在商量要送她到一間寄宿學校。這所學校位在偏遠的高山裡，離家十分遙遠，步行到學校需要數月的時間，況且還只是抵達山腳下而已。

　　梅蒂父母知道小梅蒂心有夢想，才想送她去那所由喬登教授創立的「美夢成真學院」。喬登教授是名偉大的哲學家，年紀輕輕就實現了所有的夢想。因此，長久以來他享譽盛名，受許多人推崇，是當今生活依舊多彩多姿的傳奇人物。

喬登教授年事已高，頂上微禿，留著長長的白鬍鬚，眉毛也是又長又雪白。他喜歡每天穿著寬鬆的白色長袍，給人的感覺就像一位慈眉善目、充滿靈氣的山中隱士。

他建立這所學院的目的是為了教育下一代，尤其是為那些想嚐一嚐生命中成功圓夢滋味的人。每個來機構裡求學的孩子必須居住在此數月甚至數年，直到可以畢業。課程規劃沒有分層級，因為教授知道應該給予不同的學生安排不同的教學進度，以及能夠畢業的時間。

如果學生在學習結束時仍沒能獲得足夠的知識，教授會延長時間讓學生繼續練習，直到他們全然理解有關生命和實現夢想的旅程所需要學會的精隨。

許多人想要將他們的孩子送來美夢成真學院向喬登教授學習，但是因為到學校的路途極為遙遠且險阻重重，最後很多家長都打退堂鼓了。

其次，還有一個風險是那些踏上旅程出發前往學院的人，他們要面臨在旅途中隨時可能會染上致命重症的威脅。

因此，許多人根本連想都不敢去想前往美夢成真學院這件事。還有些人都已經走到半途了，卻因為遇到的各式各樣的困難，最終還是放棄了。

如此一來，學院中的新生數量極度不足，有人半途而廢，有人覺得自己無法克服阻礙，連嘗試都不敢嘗試。

多年來，喬登教授一直在訓練那些渴望美夢成真的人。現今，這裡也成為許多學生的家，他們都抱著同樣的願望。學院裡有孩童、青少年、成年人與資深的學生，天天有人進入，也有人放棄離開。

有些已經居住在此多年的學生，心裡其實也有意識到自己可能無法成功，但也有人才學習六個月的時間便能夠畢業，還有少數人沒有完成全部課程就提前離開了。

那些離開的人所找的理由是——教授不了解他們。因為他們相信自己已經學會所有的知識、了解所有事情，可是教授就是無法意識到他們已經具備足夠的能力，他們才會自動離開。

儘管許多學生在學院裡生活很久，多數人依然不敢上前與教授攀談。有些人已經在那兒住了好幾年，但他們也只是偶爾與教授交談過一、兩次而已。

每天早晨，教授會要求學生集合，然後冥想一個鐘頭。之後他會教導大家如何思考、如何創造夢想，以及如何實現夢想。他規劃數個不會相互重複的課程，安排學生閱讀的時間，並搭配活動以強化正面思考的力量，好幫助學生抵抗負面思維的侵襲，同時，更練習各種克服阻礙的方法。

喬登教授教導學生如何思考，是因為他希望大家即便在完成學習，離開學院後，仍然能夠獨自面對與處理生命的難題。

雖然教授的個性嚴謹，似乎總是在沉思的模樣，大家都還是感受到他的和藹可親。每次回答學生問題的時候，他都真誠表示自己永遠都在期待學生們能夠知曉問題的真正答案。

　　唯一讓人猜想不透的是，學生到底要學習到什麼程度，方能理解與分析人生最終的真實答案呢？

　　教授要求學生反覆閱讀他寫的寓言與詩篇，他的手稿大都張貼在學院的學習牆上。

　　一般來說，只要能全然理解教授將畢生知識融入的詩作和寓言，以及教授的道德教誨，應該就能比其他人更快完成學業。那些比其他學生更快離開學院追尋夢想的人，大都能成功地讓美夢成真。

Lesson 1

每個人都有夢想，
然而只有少數人能夠實現夢想。

美夢成真學院，喬登教授

Lesson 2

有些人非常輕易放棄追逐夢想，

有些人在夢想萌芽的那一刻便放棄了。

那些在追尋夢想旅途尚未啟程前就放棄的人，

以後將永遠不會再有相同的夢。

因為失敗的人永遠在放棄，

而放棄的人永遠是失敗者。

美夢成真學院，喬登教授

Lesson 3

每個人生來就擁有自己的夢想，

但只有少數人能夠讓夢想成真。

實現夢想的方法具有某些特質，

不了解這些特質的人，

即使花一輩子的時間努力嘗試，

也無法讓夢想成真。

有些人誤以為成功需要很多時間，

事實上，成功與否不在你投入的時間多少，

或用你執行的速度快慢來衡量，

成功取決在是否知道「如何」運用時間。

那些能實現夢想的人，

其實只是在當下的時間，拿出最好的表現。

美夢成真學院，喬登教授

人在孩童時總有數不盡的夢想，
像是發現喜歡或漂亮的事物，
自然就當成自己的夢想。

少數人在長大後將夢想延伸發展進而實現，
成年多數人害怕繼續做夢只因恐懼失望，
因此，很多成年人早已忘懷曾有的夢想。

有的父母灌輸孩子負面思維而不自知，如：
「你做不到的，不用嘗試了！」
「這對你而言太難。」
「我們生來貧窮，注定只能當窮人。」
「這已是我們所能做到最好的了。」
這些負面想法，即孕育失敗者的絕佳溫床。

美夢成真學院，喬登教授

Chapter
3

踏上尋夢之旅的梅蒂

一個風和日麗的早晨，小女孩梅蒂即將踏上漫長旅程，獨自前往喬登教授的學院，展開一場未知的、冒險的尋夢之旅。

梅蒂最終獲得父母的同意，讓她獨自上路。梅蒂的內心深處似乎想向自己證明什麼，只是此刻她還不清楚自己想證明的是什麼。唯一確定的是，她必須自己旅行，自己去追尋夢想，並從旅途中學習一切。梅蒂隱約覺得，這些嶄新的體驗將會伴隨她的一生，並帶給她成長。

梅蒂居住的村子，都知道這個年幼的小女孩決定獨自一人邁向遙遠多險的旅程，去尋找圓夢的方法，她過人的勇氣與膽識全村皆有目共睹，且心生佩服。

身為家裡的獨生女，梅蒂是父母的掌上明珠。他們雖擔憂最愛的孩子在旅行時會不會遇到危險，卻還是願意放手讓女兒這麼做，全然因為他們對自己的女兒有極大的愛與信心。

他們也認為，如果女兒能獨自完成旅行，就一定能夠學會靠自己去解決所有的

問題。倘若父母一直呵護她，梅蒂只會依賴雙親為她做選擇，不會試圖自己做決定。如此一來，梅蒂將永遠學不會為自己做抉擇，即便是生命裡的小事情。

梅蒂年紀雖小，但她相信自己做了正確的決定，她很有信心自己將可以如同海綿一樣地吸取經驗，梅蒂要靠自己的雙手實現夢想。

「爸爸、媽媽，我將與你們告別，因為我決定去找喬登教授學習。我會專心上課，努力成為優秀的學生。學成之後我會儘快回家，一家人很快就能團聚的。」梅蒂雙眼泛著淚水，聲音顫抖的說道。

「我們永遠在這裡等妳。」父親緊緊拉著梅蒂的手說。

「做個乖孩子，認真聽教授的教導，然後要趕快回家，我們都在期待妳回家的日子。」母親摸著梅蒂的臉頰說道。

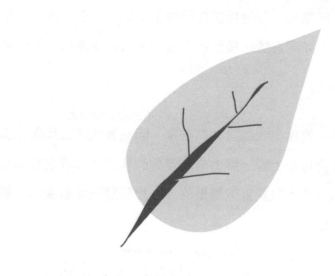

人要成功，必須從想法開始著手。

一開始便擁有正確的思維，人就不會迷失。

太多人不知道

何謂正確的思考方式；

太多人失敗，

只因他們從一開始的想法就錯了；

太多人失敗，

只因他們不曉得如何正確地思考；

許多人失敗，

只因他們一開始的想法與行動是錯誤的。

除了從正確的思維開始，

正確的行動也同樣重要。

正確的方法是生活中必須知道的事情。

美夢成真學院，喬登教授

身為人母，梅蒂的母親當然希望孩子能夠實現夢想，但另一方面，她又很捨不得自己的獨生女離家到那麼遠的地方。梅蒂出生至今，從來沒有獨自離家遠走他鄉，一次也沒有。

　　「我希望從教授的教導和經驗傳授，妳能成為一個知道如何正確生活的人。我想要妳汲取經驗，有能力為自己的人生做決定，如果我們一直守在妳身邊，妳可能會在一些問題上害怕做抉擇，甚至是小事情。但是當妳一個人，妳就必須幫助自己下決心，逼自己獨立處理所有的事情。我完全相信生為我女兒的妳，絕對有能力做到，而且會做得很好。」

　　父親說出自己最重要的想法後，一家人都知道道別的時刻真的來臨了。他們緊緊擁抱彼此，彷彿世上沒有任何東西能將他們分開。父親、母親與梅蒂再也無法抑制離別的愁緒，紛紛流下不捨與傷感的眼淚。

　　儘管父母深愛女兒，但他們還是必須放手，因為他們希望梅蒂從自己的經驗中學習到生命的真諦。

Lesson 6

對人類而言最困難的事，是「抉擇」。

對人類而言最容易的事，也是「抉擇」。

美夢成真學院，喬登教授

　　「爸爸、媽媽，再見。」梅蒂説著揮手向雙親道別，然後轉身舉步啟程。

　　梅蒂的雙親在還看得見梅蒂背影時，忍不住再一次呼喚：「親愛的，我們會在家等著妳，趕快回來喔！」

　　梅蒂知道父母期望她有一天能懂得如何善用自己的智慧，因此梅蒂也才會決定去就讀美夢成真學院。因為享有盛譽長達數十年的喬登教授是第一個實現夢想的人，也是個智者。而他創設的學院主要就是在分享他的知識、經驗，以及教導人們如何實踐夢想，這一點對梅蒂真的非常有吸引力。

　　學院裡有各種年齡層的學生，有些學生從來都不知道他們其實是能夠實現夢想的，只因沒有人告訴過他們有用的真相。這些不了解正確準則的學生，他們談話的內容往往是以這樣的説法為起頭，「有人告訴我……」説的根本不是自己的經驗。

　　或者用一種自以為是的口吻説：「相信我，在這個世界上我已經歷過很多事了……」

也有人用倚老賣老的心態説：「相信我，因為我年紀比你長許多……」

　　又或者，從負面角度給與建議，例如説：「相信我們，因為我們不但嘗試過，而且還失敗了。」

　　然而，講出如此話語的都是從未實現夢想的人，也沒有人有能力去分辨這些教導是真？是假？因為説話者與聽聞者都未曾夢想成真過。

Lesson 7

我們就從小事情上做決定，

練習如何做出正確的抉擇。

而最好的決定，源自最正確的想法。

美夢成真學院，喬登教授

Lesson 8

最正確的思維來自生命過往的累積，

融合種種好與壞的經驗。

一旦備足了這樣的經驗，

有些人便能知曉永恆的真實。

美夢成真學院，喬登教授

Lesson 9

永恆的真實即是大自然的真實，

而所有人類都應該了解，

我們終其一生都是與大自然生活在一起。

因此，最了解大自然真實的人，

就能成為世界上最開心、幸福的人。

美夢成真學院，喬登教授

Lesson 10

永恆的真實，

只有用心看世界的人才得以領會。

美夢成真學院，喬登教授

Lesson 11

多數人總是用雙眼看世界，

因此只有少數人能發掘永恆的真實。

美夢成真學院，喬登教授

Lesson 12

每個人都能發現永恆的真實，

它已經環繞在我們周遭許久，

只是我們尚未參透它而已。

美夢成真學院，喬登教授

Lesson 13

每個人都希望擁有快樂，

但是快樂只會發生在

找到永恆真實的人身上。

美夢成真學院，喬登教授

Chapter
4

睿智的喬登教授

　　梅蒂已經行旅了數日，她的母親細心為她準備相當充足乾糧，即便旅途中遇到什麼麻煩和挑戰也不致於餓肚子。

　　這天，接近中午時分，梅蒂抵達一座大型城市。她張大雙眼，充滿好奇地張望著，看到熱鬧的街市裡，有許多熱騰騰的美食，梅蒂想起臨行前父親給了她一些金幣，以防有急需時可以調配運用。

　　梅蒂此時很想嚐一嚐新鮮現做的熱食，喝一杯她從小最喜歡的羊奶，於是她決定找間餐廳用餐，順便休息一下，也可以問問當地人哪條路會比較好走，以及大概還需要多久的時間才能抵達目的地。

　　最後，她選了一家看起來很乾淨的餐廳，走進去才發現幾乎已經客滿。她走向唯一一張空桌坐下，從菜單上點了一杯羊奶和香噴噴的炸魚。

　　在等待餐點的時候，梅蒂無意間聽到坐在隔壁桌的一對母子正在談論有關「美夢成真學院」的事。

她聽到他們正在討論該怎麼回家，因為他們已經決定放棄旅程，踏上返家的漫漫長路。

　　「我告訴過你這趟旅程會很艱難，而且那個地方也不是真的適合你。」那母親對著她的兒子說。兒子的年紀看起來跟梅蒂差不多，這似乎說明了為什麼他們會放棄，因為兒子還只是個不懂堅持的小男孩。

　　梅蒂雖然聽見母子的對話，卻不想主動與他們攀談，她想起自己的村人以前常提到一種感染「失敗病」的人，這些染病的人正是太常跟失敗者交談才受到影響。

　　梅蒂轉過頭恰巧看到一名年紀跟自己父親差不多的男子，她對他感到些許好感，於是上前問路。男子在知道梅蒂的來歷後，表示十分欣賞梅蒂的勇氣。其實，這一路，他也注意到很多在親朋好友陪伴下踏上旅程的人，往往因礙於同伴無法忍受過程的艱辛，才會半途而廢。而梅蒂能夠獨自踏上尋夢之旅，這證明她的決心有多麼堅定。

　　男子告訴梅蒂，當一個人陷入絕望的時候，另一個人應該給予鼓勵，但從過去到現在，他看到太多人總是屈服在他們所能找到的任何藉口上。

　　當梅蒂正在跟男子交談時，她頭頂上的夢想之雲竟然自己默默飄走，飄到小男孩——他的母親已經放棄前往學院——的夢想旁邊悄聲交談。通常夢想必須貼身跟隨老闆才是，無論目的地在哪裡。

　　『我也希望成為能被實現的夢想，但我的老闆還只是個沒有主見的小孩子。他總是聽從母親要他做的事，弄得我有時候會消失好長一段時間。你相信嗎？好多次我都以為我再也沒有機會回來了。這全都是因為他的父母，他們幾乎不讓我老闆有自己的想法。當人不去思考，像我們這樣的夢想就會消失。』小男孩的夢想大吐苦水地說道。

　　『那你計畫怎麼辦呢？』梅蒂的夢想問。

　　『還能怎麼辦？我只知道，如果我的老闆一直維持現狀，

我就絕對不可能被實現。』小男孩的夢想回答說。

『為什麼你會這麼想？』梅蒂的夢想問。

『因為我曾聽一個大人的夢想說，人的性格決定了他的夢想成真與否。夢想的老闆必須有極大的決心跟毅力，然而會如此致力於圓夢的人，大概只有萬分之一。』小男孩的夢想說。

Lesson 14

失敗的人總是為自己的失敗找理由，

並說服自己相信那是真的。

再將這些理由深深植入潛意識，

合理化自己為什麼無法成功，

自此失敗的念頭便如影隨形。

隨著慢慢接受第一次的失敗，

對於下一個失敗也欣然接受，

甚至不會對此感覺任何羞愧。

隨著注定遇上越來越多的失敗，

人們開始緊握住負面思維，

並很快地將負面思想影響周遭的人。

美夢成真學院，喬登教授

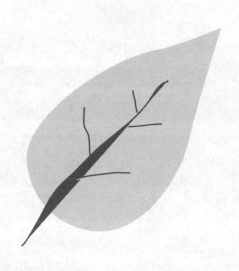

Lesson 15

千萬人之中只有一個人能成功，

那個人必須擁有最強悍的決心，

因為普通的決心就僅有普通表現而已。

對於那些想達到卓越成功的人，

就必須擁有比其他人更高層次的決心。

美夢成真學院，喬登教授

『那些無法實現的夢想，他們會變成怎麼樣呢？』梅蒂的夢想好奇地問。

『那些無法實現的夢被老闆當白日夢繼續做著，沒有實現的機會。最後他們會隨著老闆嚥下最後一口氣而消失不見。』小男孩的夢想一針見血地分析。

『這意思是說，多數的夢只是想法，只有少數人能圓夢，而且圓夢之人必須比其他人擁有更強大的決心，絕不能中途放棄，是這樣嗎？』梅蒂的夢想總結地問道。

『這只是基本概念，你如果想圓夢，還有許多必要知道的事情。不過我可以肯定的說每個人都必須自己去找尋成功。』

小男孩的夢想接著說：『許多有錢人都想為孩子購買成功，就像我老闆的爸媽非常有錢，他們想用錢為兒子買到成就，然而這是行不通的。簡單說，成功是無價的，每個人創造出來的成功只能專屬於自己，不是金錢能買到的。』小男孩的夢想一口氣說出他所知曉的一切。

梅蒂的夢想感受到他的真誠，並為他覺得有些惋惜，小男孩的放棄會讓這個夢想永遠消失嗎？

『非常謝謝你，小夢想。跟你聊過之後，現在我對人類的夢想有了更多的了解。』梅蒂的夢想也報以真誠感謝。

『如果有機會，也許我們會再相遇。祝你好運！』小男孩的夢想依依不捨地道別。

『我也祝你好運！再見。』梅蒂的夢想說。

兩個夢想道別之後，梅蒂的夢想有機會獨處一會兒，思忖剛才討論的事情。梅蒂的夢想覺得小男孩的夢想有著超乎想像成熟的思維和淵博的知識，這對她的助益很大。

好一會兒，梅蒂的夢想才回到老闆身邊。此時梅蒂已經用完餐點，也問好如何前往學院的道路，她已經準備好，隨時可以上路。

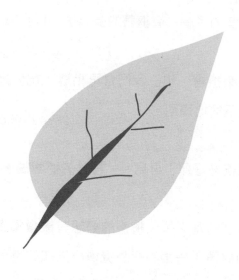

Lesson 16

只有百萬分之一的人能讓夢想成真，

其餘九十九萬九千九百九十九的人

無法實現他們的夢，

然後，他們滿心缺憾地帶著夢想離世。

——美夢成真學院，喬登教授

Lesson 17

成功是無價的。

任何想得到成功的人，

必須靠自己的努力、知識與能力，

找到為自己創造成功的方式。

美夢成真學院，喬登教授

Lesson 18

每個人的成功都不盡相同，
每個人也都可以享有成功。
那是十分個人的事，
無法轉移、不可能重複，
更無法仿效。

美夢成真學院，喬登教授

Chapter

5

通往成功的第一步

　　梅蒂踏上旅途至今已離家千萬里，路途中，她曾買更多食物補充體力，也問過很多次路，幸好一次都沒有迷路。有時幸運地碰上友善又熱情的人，不但在她遇到困難時給予幫助，還告訴她許多有趣的故事，點點滴滴都豐富了梅蒂的旅程。

　　從她離家開始，已經走了六個月的時間。此刻，她終於來到一座巍聳高山的山腳下。山腳處立有一塊大門牌，上面寫著「美夢成真學院」。順著門牌後方是一道蜿蜒的長階梯。梅蒂抬頭仰望，竟看不到沒入天際的階梯盡頭在何方。

　　梅蒂低頭轉眼一看，階梯口有一塊刻滿字的大型石頭，上面寫著：

想邁向成功，總有第一步。
如果我們草率又健忘，便會迷失方向。
如果我們漫不經心度日，便會持續迷失。

我們只有這一生，
必須堅持達到成功。
人的價值，是與生俱來的。
我們必須為了自己，堅忍奮鬥。

我們不曉得是否有來生，
所以必須為今生創造價值。

生為人類，必須用雙手奮鬥。
決心必須是我們的核心精神。

贏家永遠設立好的目標，
然後專心致力在完成上，
每天時時刻刻都不斷嘗試圓夢。

像鑽石一般堅硬的決心促使人走向成功，
我們只管奮鬥，讓夢想得以實現。
停止等待上天賜下魔法，
我們秉持努力、堅忍與決心，
讓夢想如心中所想日益茁壯。

輸家總是責怪別人，
他們忘記了生活、尊嚴與夢想，
忘記自己擁有的是什麼，
看看自己的雙手和雙腳，
跟那些夢想成真的人有何差別？

輸家常常說自己「做不到」、「這不容易」，
總是埋怨著三心兩意，嘟噥著失去的事物。
抱著永遠不會成真的夢，直到生命終了。

　　梅蒂看完石上的刻文，帶著前所未有的堅定，踏上了第一階，開始一步步往上爬，她數著步伐，越爬越高，當抵達最後一階的時候，她數到了八百八十八階。

　　「妳好，小女孩。妳是來向喬登教授學習的嗎？」坐在大門口旁的一名女子問道。

　　「是的，姊姊。請問他在嗎？」梅蒂問著眼前這名五官清秀的女子。

　　「他現在正在休息，如果想見他，要等到明天早上了。還是我先帶妳到可以休息的地方？」

　　「那真是太好了！這裡有房間給我住嗎？」梅蒂問。

　　「當然。這裡始終歡迎人們前來，各方人馬都為了相同的理由來到這裡。」

　　「姊姊，妳在這兒多久了？」

「我來……大約有九個月了。」女子邊思索邊回答。

「那妳何時會畢業？」

「我還不曉得。這裡每個人都必須得到喬登教授的認可，由他來判定誰已經有能力面對現實世界裡的挑戰。外面的世界充滿混亂和嚴酷的競爭，做好準備的人才有資格下山。」

「原來如此。請問姊姊的名字是？」

「我叫尤明。妳呢？」

「我叫梅蒂。」

「梅蒂，妳真的很漂亮。我喜歡妳的長髮，妳的臉白皙透亮，皮膚也很光滑，身形又好，而且我感覺妳人也很好。如果我小時候像妳一樣好看就好了。」尤明語帶羨慕地說。

「尤明姊姊，妳太抬舉我了。」梅蒂因為害羞而雙頰緋紅。

　　兩個女生很快便成為好朋友，她們有說有笑地走到梅蒂的房間。這房間的格局方正，還有一扇大窗，窗外有一棵老樹，散發山中特有的清新香氣。

　　梅蒂安頓好行李後，就跟著尤明四處走走，認識新環境。梅蒂帶著新鮮的眼光四處張望，看見有的人群聚一起嬉戲、有的成雙成對交談著，有些人則獨自坐在角落沉思。

　　然後尤明帶著梅蒂來到一張桌子前面，兩個年紀與尤明相仿的男子正在下西洋棋。

　　「看來你們兩個很喜歡下棋喔！」尤明說。

　　「妳好啊！尤明。」長相俊美、膚色較深，身材健壯的男子朝尤明露出燦爛的笑容。

　　「妳旁邊這位是誰呢？」另一個膚色白皙、身形稍瘦，一臉聰明樣的男子問道。

「這是我們的新朋友，名叫梅蒂。她剛剛抵達這兒，我正帶她四處走走認識環境，明天再帶她去見喬登教授。」

「妳好，梅蒂。」兩位男士異口同聲地問好。

「我叫瑪馬克。」深色皮膚的英俊男子說。

「我叫默薩。今天妳應該先休息，如果有任何關於夢想的問題可以明天再問我們，像我在這裡待了已經十八個月，多少知道一些東西。」默薩溫和地說道。

「謝謝你們兩位，我想現在我得帶梅蒂去休息了，她長途跋涉來到這裡一定累壞了呢！」尤明說。

「明天見。」兩位男子說。

就在尤明引領梅蒂前往她的房間途中，細心的梅蒂注意到她們經過的走廊上，四處擺著許多大黑板，初來乍到的她好奇地向尤明探問。

尤明

瑪馬克

默薩

「那些寫滿字的大黑板是做什麼用的？我在這裡已經看到好多黑板。」

　　「喔，那些黑板是記錄喬登教授的知識以及他教導過所有學生的課程內容。如果我們對任何事情有疑惑，只要走到特定的黑板前閱讀上面的文字就行了。教授總是告誡我們，如果不定期溫習所學的知識，我們很快就會忘記。所以教授在學院四處擺放這些黑板，就是要讓我們能隨時閱讀和複習。」

　　「我也可以閱讀黑板上的知識嗎？」

　　「當然可以。」

　　於是梅蒂和尤明在一塊寫滿知識的黑板前，停下了腳步。

Lesson 19

為了實現夢想，

每個人必須踏出第一步。

我們必須爬上階梯，

直達人生最高峰。

如果我們認為這條路能夠走向夢想，

那麼便無須擔心所走的路是否正確。

美夢成真學院，喬登教授

兩人讀完喬登教授在黑板上所寫的知識後，尤明就帶著梅蒂來到她的房間。

　　「每天早上六點，我們會聚集在學院中心的中央大廳，每個學生都會去，教授會做引導性的演講並為我們上課。之後他會讓我們發問到中午，用過午餐後，稍做休息，接下來的時間由我們自習，最後大家各自回去休息。」尤明道。

　　「明天早上我會準時去大廳的。」梅蒂說。

　　「祝妳好夢！明天見。」尤明說完就離開了。

　　梅蒂環顧自己的小房間，裡面有一張床、棉被、枕頭和一張書桌。陳設雖簡單，卻也應有盡有，尤其梅蒂已經半年沒有睡在床上過了，所以一看到床，她就興奮的躺在上面滾來滾去，非常滿足。然後洗了一個舒服的澡，準備早早上床睡覺，因為明天一早便要開始學習喬登教授的課程，她可要養足精神好好學習，梅蒂嘴角微揚地進入了甜甜的夢鄉。

為了實現夢想，
每個人必須踏出第一步。

我們必須爬上階梯，
直達人生最高峰。

如果我們認為這條路能夠走向夢想，
便無須擔心所走的路是否正確。

美夢成真學院，喬登教授

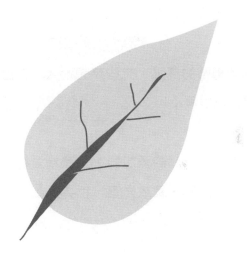

　　當晚，梅蒂的小小夢想悄悄離開了房間，飄浮在學院的上方，好奇地察看校園。他四處飄盪了一會兒，不久，遇見好幾個較大的夢想，看起來似乎所有的夢想都聚集在一起呢！梅蒂的夢想童心大起，悄悄地挨近這些夢想一探究竟。

　　不同於梅蒂的夢想，有些夢想很大，這讓梅蒂的小小夢想頓時覺得自己很渺小。

　　這些集合在一起的夢想們，正聚精會神看著一個金色的夢想，他是如此耀眼、綻放光芒，世界上根本沒有其他的夢想能與其匹敵。

　　『那就是實現的夢想嗎？多麼美麗的金色啊！難怪其他夢想也都希望能實現！』其中一個夢想讚嘆道。

　　所有的夢想都爭先恐後想要和金色夢想交談，彷彿只要能跟他講到話就非常與有榮焉，感到心滿意足，他們多麼希望自己有一天也能變成如此光彩耀人。

梅蒂的小小夢想也企圖找尋可以與之對話的縫隙，可惜都徒勞無功，因為實在有太多的夢想將金色夢想團團圍住，七嘴八舌地跟金色夢想說話。即便如此，梅蒂的夢想還是樂觀相信未來一定有機會能和金色夢想說到話的。

　　梅蒂的小小夢想在學院上方盤旋一會兒，才回到梅蒂身邊。那晚，這個小小夢想跟著老闆一起睡了個安穩、深沉的好眠。

Chapter

6

美夢成真五部曲

　　天光方亮，梅蒂起了個大早，由於昨天晚上睡了好覺而精力充沛。她精神奕奕地來到中央大廳，那裡已經聚集了大批的學生。

　　學院裡的學生有孩童、青少年、成年人與老人。每個人看起來都求知若渴，也都展現堅決的心意，準備好要學習新知。

　　「大家請坐。」教授的助理擺手示意大家坐下。

　　「早安，梅蒂。」默薩向梅蒂打完招呼，問：「還記得我嗎？昨天我們才見過面。」

　　「我記得你，默薩哥哥。早安！」梅蒂甜甜地回道。

　　「昨晚妳睡得好嗎？」

　　「睡得非常好，我已經好幾個月沒有躺在床上睡覺呢！」

　　梅蒂話才剛說完，就響起「鏘、鏘、鏘」像是鐵條互撞的聲音，這意味著有事情即將開始。

　　「各位請注意！喬登教授將上台演講了。」助理要求學生們停止交談，保持安靜。

數百人齊聚中央大廳，席地而坐，面向廳堂的正面，每個人都屏息洗耳恭聽。

　　喬登教授從大廳左側出現，他一生都在奉獻給需要幫助的人。梅蒂早就聽聞教授的大名，但這是第一次見到本尊。

　　教授看起來是個開朗的老人，體態有點豐腴，充滿蓬勃朝氣。他的頭頂沒有毛髮，但周圍有一圈白髮，留著長長的白鬍鬚，幾乎長到了肚子附近。他身穿白色長袖的寬鬆長袍，袍子的長度觸及腳踝，罩住了整個身體。

　　喬登教授走到大廳前方的座位，那裡應該就是他平常授課坐的地方。

　　「大家早安。」教授聲音宏亮地朝大家問候。
　　「教授早安。」全體學生同聲回答道。
　　「奇多羅同學，請上來。」

　　一名滿臉自信的男子起身，走上前，站在喬登教授旁。

　　「今天，奇多羅同學即將畢業，獨自迎向世界。有一天，你們也都會像奇多羅一樣，現在，我們為他獻上滿滿的祝福掌聲吧！」

　　台下同學掌聲熱烈，奇多羅向大家鞠躬致意，接著跪在教授的腳邊，向他道謝，然後，奇多羅帶著眾人的祝福，拿起行囊，走出大廳，展開他人生的另一段旅程。

　　在眾人不斷拍手鼓掌的同時，默薩轉頭悄聲對梅蒂說：「妳很幸運，今天能在這裡。我們一年裡見證這樣的事不到十次，因為每年能畢業的人不到十位。像我來這裡已經一年半了，這是我所見過的第三場畢業式。」

　　對梅蒂而言，今天真是個難得的機會，能親眼見證喬登教授的學生畢業。一如她所聽聞的，這樣的大事不常發生，每年數以千計來此學習的學生，只有少數人能得到教授的認可，具備完整的知識與足夠的韌性去面對任何困難。

　　「今天，我們要學習生命的目標。」教授說出今天的主題

後接著說：「在座有誰有生命的目標？」台下學生面面相覷，無人舉手回答。

「你們知道生命的目標有多麼重要嗎？我們都有夢想，也都希望夢想能實現。然而，只有少數人知道正確的方法。首先，你們必須先了解夢想與目標的差別。」

「夢想跟目標不一樣嗎，教授？」一名學生舉手問道。

「沒錯。對一個有決心的人而言，夢想與目標沒有什麼不同，因為他會把夢想等同於目標，然後付諸行動，實現夢想。然而在實踐的階段裡，生命的目標比夢想包含更多的細節，這是我今天要教你們了解的事。」

教授停頓了一會，才接著說：「沒有設定生命目標的人，只會花不必要的心思在不重要的事情上，甚至是妄想。他們滿腦子想像，卻不思考如何實現它，只是不當一回事地去想想而已，好像睡一覺夢一場，醒了就忘了，不曾認真行動，也完全不希求得到任何結果，所以他們的想法終其一生，就只是一個夢想。」

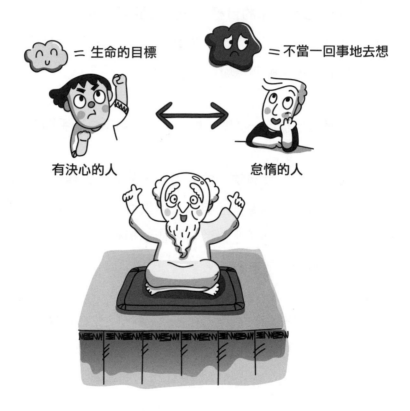

「然而有另外一群人，他們心懷夢想而且試圖去圓夢，卻不知道正確的方式，所以他們的夢想不會產生實質變化，依然只是個夢想。」教授接著加重了語氣説：「現在我來告訴大家，實現夢想的正確方法，就是把夢想變成生命的目標。」

　「請問有什麼方式能把夢想轉變成生命的目標呢？」另一名學生舉手發問。

　「有的。對有決心的人而言，把夢想當成生命的目標一點也不困難、不複雜。不過，只有少數人能做到如此，也許百萬人之中只有一個人能做到。」

　教授慈祥地環顧眼前的學生們，緩緩再道：「別擔心。我有辦法能將夢想轉化成生命的目標，這只需要簡單的五個步驟。第一、釐清我們想要的是什麼，而且只能有一件事是我們真正想要的。」

　「如果我們想要的東西很多呢？」又一名學生舉手問道。

　　「那麼你達成目標的力量就會減半，因為你如果只想達成一件事，你會全然專注並將所有精力都投注在這個目標上。」

　　「擁有太多夢想會削減你的力量。如果我們有四個夢想，力量就會被分成四份。教授，這樣說對嗎？」某一學生的解釋反映出他已經完全理解。

　　「是的。我們想達成的事情越多，或是我們擁有越多的夢想，我們的力量就會越加薄弱。因此，我們應該只擁有一個夢想，這樣一來我們才能傾所有力量專注在唯一目標上，同時，也讓我們的目標變得更加清楚。」

　　教授稍加停頓一會兒，才繼續說：「現在，我已經告訴你們如何決定目標、確立夢想。接下來，我要你們閉上眼睛冥想。想像一下你想要的東西，然後讓它越來越清晰，專心想你所擁有的、唯一的夢想就好。」

　　「請大家閉上眼睛，想想你最希望達成的夢想……在腦海裡讓他更加清楚，想像著夢想的模樣……」教授語氣柔和帶領

大家進入冥想。

　　喬登教授希望學生們能多花一些時間去思考他們所希望的
事物。剎那間，整個大廳鴉雀無聲，學生聽到的只有自己的心
跳聲，以及坐在身旁的人所發出的細微呼吸聲。

四個夢想將力量
一分為四，

　　當所有的學生正閉上眼睛冥想時，他們的夢想卻悄悄地開始相互交談。

　　「現在我終於了解，我老闆為什麼總是改變他的夢想，去追尋其他成功者的腳步。每次他只要聽到某人事業成功，他就去做跟某人一樣的事，這是因為他的決心不夠。」一個藍色的夢想說。

　　「是啊，我同意你的說法。我的老闆有時候也喜歡追隨潮流。每當有人從事新行業致富，我老闆就放棄他正在做的事，馬上轉換跑道，根本沒想過自己是否喜歡或適合新行業。他只看見別人賺大錢就認為自己也可以依樣畫葫蘆，不幸的是，他每次都失敗。有次他看朋友創業賺了錢，自己也來創業，結果只持續半年就認賠殺出。」一個淺黃色夢想用自己老闆的親身經驗，來驗證教授說的話很有道理。

　　「我老闆的夢想也總是在改變。他的夢想都沒有清楚的輪廓，有些夢想還只出現一小段時間，就消失不見。因為我老闆的腦袋裡什

麼都不清楚，所以什麼都沒辦法成真。」一個灰色小夢想低聲
埋怨道。

「我的老闆現在已經超過三十歲了，在他來這裡、遠離他
的父母之前，他從來沒有過夢想，我是他的第一個夢想。」一
個淺綠色夢想語帶驕傲地説。

「像我們這樣的夢想，一切全靠我們的老闆。如果他們不
了解自己，又毫無想法或也不做夢，我們就只會是個存在感幾
近於零的不存在。」一個橘色夢想接著發表意見。

許多夢想紛紛加入討論，然而話題始終圍繞在被迫改變的
夢想，他們的生命終究取決於老闆的意志力。

忽然，一道燦爛的金色光芒灑落，屬於喬登教授的金色夢想
華麗登場，語氣平和地對眾夢想説：「你們説的都對。人類創造
了我們，我們從他們的大腦而生。他們的大腦創造各種想法，然
後這些想法創造了我們。世界上幾億人口，有不同的種族、語言
跟文化。我有幸生為喬登教授的夢想，他是努力、認真、堅決實

現夢想的人。我也有幸跟著喬登教授遊走各地，因此認識了許多人，有成功、也有失敗的人，然而失敗者遠比成功的人多。」

「金色夢想先生，我們能將那些成功的人視為幸運兒嗎？」橘色夢想問。

「恰恰相反。實現夢想的人是靠自己來創造運氣的，好運沒有找上他們，而是他們去尋找好運，嚴格來說這些人並不幸運，甚至有些人曾經非常不幸。成功之人的思維跟其他人不一樣，這讓他們遭到一般人的誤解，因此還必須花心力去克服各種阻礙和流言蜚語。有些人被詛咒只因他們有不同於一般的想法。但是他們不後悔、絕望或失望。相反地，他們繼續找尋圓夢的方法。」

「他們是怎麼做到的？他們的用了什麼方法？他們從來不曾覺得絕望嗎？」淺綠色夢想同時問了好幾個問題。

「淺綠色夢想，我想你心中充滿了疑問。我會回答你所有關於他們如何成功的問題。

他們以思想和做夢為起點，有些人稱之為『想像』。想像的結果就是我們所說的一夢想。人類看不見我們，因為他們通常只相信肉眼能見的事物。你們曉得相信與信念的差別嗎？」金色夢想話鋒一轉，反問大家。

眾夢想你看看我，我看看你，然後一起望向金色夢想，希冀他來解答。金色夢想微微一笑，解釋道：「相信通常是來自人類能看見、並且因而相信的原因，在某種程度上能確實被感知的是相信。但是『信念』是超乎任何理由的，有時候是無法被證實的。」

金色夢想進一步説明：「有夢想的人會將時間和心力用在展現信念上，他們擁有超越相信的能量，就像自我尊重一樣，對自己懷有信念，是一種無人能及的超然信念。」

「對於擁有信念的人來說，方法總是自然產生。通常從一個極大的熱誠開始，一個渴望成功的心願、一種戰勝自我的需求，再加上決心和努力，這些動能會產生方法。而這些方法是無法被複製的，許多人曾效法成功人士的途徑最後卻失敗，就説明了

方法是不能被仿效的，只能自然而然地發生，最重要的是一切都從念頭開始。」眾夢想全都專心一致聆聽金色夢想的闡述。

「至於絕望，大多是來自失望。當人試圖成功卻失敗，就會覺得失望。當經歷許多次失望，他們就開始轉變為絕望。但是每個人面對生活的方式各有不同，有的人化失望為助力，不再選擇同樣的道路，他們用心記住錯誤，並稱之為教訓。」

「不過那些無法記取教訓的人，他們會繼續重蹈覆轍，卻依然期待有天成功會降臨。他們相信奇蹟會發生在他們身上，可是到頭來，沒有什麼是奇蹟，因為奇蹟只會發生在知道如何創造奇蹟的人身上。」

「奇蹟確實存在，但是不常發生，尤其不會發生在總是重複不切實際舊習慣的人身上。當人們擁有十分強大的願望，自然會驅使他們創造新的做事方法，然後奇蹟才會隨至而來，這是典型的因果關係。但是許多人誤解了，以為奇蹟會發生在一切事情之先。當他們抱持著這樣的誤解時，生命裡所有的事情都會出錯，

因為生命裡的一切事情都息息相關。」

「淺綠色夢想先生，我回答你所有的問題了嗎？」金色夢想問道。

「是的。很感謝你分享這麼多真理。」淺綠色夢想對於能夠獲得如此深奧的道理表達了感激之意。

「現在我知道我老闆不會成功的真正原因了，他終其一生都在等待奇蹟發生，自己卻毫無作為。他總說奇蹟一定會來到，可是如果只是癡癡等待奇蹟出現，沒有努力讓它發生，這根本是本末倒置。」褐色夢想補充說。

「我希望你們都能很快成為令人眼睛為之一亮的金色夢想，一如你們的老闆所希望的那樣。現在，我得走了。願你們好運。」金色夢想說。

「祝好運，黃金夢想先生。」淺綠色夢想說。

「再見。」其他夢想說。

Lesson 20

有決心的人，夢想等同於目標，

因為他們會竭盡所能實現夢想。

有些人的夢想只是一種想像，

是一個永遠無法實現的夢想。

空想的人雖也渴望得到別人擁有的，

但自己卻保持什麼都不做。

有決心與不切實際的差別就在行動！

採取行動的決心之人，結果是成功。

從來不行動的空想者，結果只會是失敗。

美夢成真學院，喬登教授

Lesson 21

成功的方法：

一、設立目標。

二、找到正確的方法。

三、將想法付諸實行。

行動後，結果可能是成就、失望或失敗，

然而成功者總是在失敗後找到新的方式；

失敗者總是在阻礙發生時輕言放棄。

成功的人總是稱錯誤為教訓；

不成功的人總是稱錯誤為失敗。

美夢成真學院，喬登教授

Lesson 22

奇蹟理論

「奇蹟」總是在我們有所行動後發生。

「奇蹟」唯有在我們知曉正確的行動後，

才會出現。

美夢成真學院，喬登教授

Lesson 23

對於夢想有極大意念的人，

會將意念轉化為堅定的信念，

這就是邁向實踐夢想的第一步。

打開成功之門的第一把鑰匙，

就是對自己有信念。

換句話說，

不管生命將會面臨任何阻礙，

都要相信自己可以「做得到」，

自己「絕對做得到」！

美夢成真學院，喬登教授

「現在，請你們張開眼睛。剛剛你們都能想像出心裡想要的事物嗎？要將夢想轉化成目標的第一步，就是去想像，直到你能清楚看見目標。」喬登教授引導著學生的思路說道。

「第二步是要決定你達成目標的確切日期、月份跟年份，這都是需要確實去做的。」

「教授，不曉得確切日期或時間的人該怎麼辦呢？」一名學生問。

「這是另一種不成功的人會面臨的問題，看起來似乎微不足道，但事實上非常重要。人類常常做許多不必要的事情，卻忘記他們應該做，而且是最重要的事，那就是設立正確的目標。」教授強調著。

接下來，喬登教授接連說明實現夢想的方法。

「一直以來，我們都用錯誤的方式在生活，雖設法修正，但在真正學會對的生活方式之前，我們總是做不到想要的。」

　　「這是因為我們的夢想不夠強大。舉例來說，就像一個有裂縫的水桶，當壓力極小或沒有壓力時，可能就是斷斷續續漏點水而已，但當壓力夠大時，水就會以相當力道沖破裂縫，因為壓力會不斷將水往外推送。就算企圖堵住裂口，也無濟於事，因為水壓已經太過強大而無法阻擋。」

　　「一個夢想不夠強大的人，就像有著小裂縫的水桶，日復一日地，水從裂縫流出，等你注意時，水早已流光了。這就像是一個人遭遇一點點困難，卻不願投入更多，終至夢想消失。」

　　「這也是判斷夢想是否為真的要件，如果是真正的夢想，就絕對不會如此輕易放棄，而是以極大的信念打敗一切阻礙，克服所有障礙。」

　　「決定成功的日期和時間，意謂我們決定開始尋求改變的起點。如果不這麼做，我們會繼續虛擲生命，不曉得何時才會開始行動。我們會逐漸安逸在日常裡，反正每天也都有很多事情可以做，等我們意識到該改變的時候，又跟自己說老了，做什麼改變都太遲了，這是我們經常聽到的藉口。」

　　「以前我曾聽村裡的大人們說，他們很後悔這輩子沒去想做的事情。還說如果時光能倒流，他們一定會去做這件事、做那件事……不過，悲哀的是沒有人能讓時間倒轉。」一名年輕的學生說。

　　「感謝你真實的分享。」喬登教授向這名年輕男子道謝，然後接著說：「設立目標的第三步是擬定達到目標的計畫，並訂定從計畫開始到達成目標所需的時間。」

　　「請問教授，這對我們有多重要呢？」

　　「在完成目標前所處理的每一個細節和採取的步驟都十分

重要，而且需要徹底實踐。多數人用錯誤的方式，也就是漫無目標地去執行，得到的結果當然不是成功。」

「教授，請問我們如何擬定好的計畫？」一名學生問。

「這是關鍵問題，因為小細節決定了我們的人生到底是快樂還是悲慘。」

「這真有那麼重要嗎？」同一名學生問。

「這就像了解生命一樣重要。重點在於我們對於如何善用生命究竟有多少了解？我們必須體認到一件小事就能決定人生是幸福或是悲哀。」

「成功的關鍵不在於一個人有多聰明，而在於他的計畫有多周詳、縝密。這是最廣受認同，也是最好的方法。」喬登教授說。

「接下來，我們要談談如何管理計畫，以及如何讓每天的生活都過得快樂。」教授繼續說道。

「此刻，每個人都有兩種選擇，從一個起點選擇一條路走，在所選的道路上一定會遇見不同的問題。」

「計畫方法和管理計畫是兩個相關的課題，也可說幾乎是同一件事。差別在於計畫是一個能預期的排程，而管理則意味著行動。」教授進一步說明。

「選擇第一組的人數不少，大約有九到十人。他們為了想要或想做的事，設定一個宏大的目標，但在實行的方法上缺乏詳細、連貫的計畫，因而無法有效、謹慎的行動，如此是不可能在預計的時間內達成目標。」

「另一組人有不同的方式。他們將目標分成許多連貫的步驟。不論一個目標有多大、需要多久時間達成，他們都能做得到，因為他們照計畫按部就班地執行。這一小組人是快樂的，因為他們不斷地達成計畫中的目標。」

「教授，您是否能更清楚地加以闡述呢？」

「當然沒問題。這個故事發生在我年輕的時候，事情有關我和兩名朋友——帕汪和帕圖，我們三個都知道如何為人生設立目標。」

「我們為往後十年建立了目標。我與帕汪確立目標後，一同擬定逐年實踐的詳細計畫。每到年尾、新年前，我們會檢討彼此距離達成的目標還有多遠。」

「我們對自己所做的事感到相當滿意，不但在邁向目標的每個階段上持續取得成功，而且還很享受生活。」

「當然，有時候我們會覺得累，因為過程裡難免有阻礙。但是我們在面對這些困難時，會懂得改變方法，嘗試尋找新的解決之道。有時用舊有的方式不僅無效，甚至會妨礙我們——造成這種情況的原因很多——但是我們不允許任何阻礙來征服我們的思緒。相反的，我們堅持做自己思想和情緒的主人，不

因為危機打擊而動搖信念，並且靈活運用各種新點子突破障礙，避免卡在困難中太久。」

「而帕圖是我們當中最聰明、也是最英俊的。不過，他總是漫不經心地過日子。我們都曉得設立目標的正確方法，但是帕圖太過自信，覺得自己無所不能。九年的時間過去了，在一次相聚時，才得知帕圖的生活充滿了壓力。他經常失眠，並且意識到想要達成自己的目標，似乎變得越來越艱難。」教授的語氣裡帶著淡淡的感傷。

「要放棄嗎？這不像是他會做的事。放棄所訂立的目標並非生命中最糟糕的，事實上，我們隨時可以停止尋求或放棄。許多人說，如果無法成功，我們會陷入莫大的憂愁，但是憂愁在一個人的生命裡並不是什麼陌生的事。」

「許多人試圖告訴自己，如果他們不想要傷心難過，他們最好停止嘗試追求成功。但是光是去數數看曾有多少時候、多少次我們感到悲傷？從出生後我們哭泣了多少回？我

們無法逃避這個事實，因生命是自然的一部分，而生命難免伴隨悲傷。」

「有些人試著讓我們相信生命充滿了苦難，然後為了逃離苦難試圖要我們不去想、不去做夢。然而這樣做是否就會讓我們快樂？其實還有待商榷。」

「快樂，是當我們行動時所得到的愉悅感。它用溫暖的聲音時時刻刻在我們的耳邊低語，即使我們曾因努力而流下汗水，但那種愉悅感是永不消褪的。」

「即便為生命奮鬥，有時會讓我們哭泣，但這個悲傷在未來將成為我們美妙的記憶，為夢想奮鬥是值得再三回味的故事，那是屬於我們不可取代的傳奇。」

「有許多成年人仍然不曉得如何過日子，就如同我們需要像正常人一樣地維持生活，然而，我們也總是感到困惑，不知道如何照顧、管理生活。」

「當我們必須像老虎般獵食維生時，另一方面卻矛盾地選擇平靜過日，這是為什麼？只因為我們不想受到誘惑！這無關乎我們想做什麼或不想做什麼。」

「可是我們還是有必須做的事情。例如當我們成為一家之主，必須為家庭付起責任，不論老虎或是人，我們都要活下去。」

「當我們成為虎爸爸、虎媽媽，我們不去獵捕動物餵養子女，反而要小老虎們試著去了解，住在隔壁的老虎家庭很幸運，他們擁有充足的食物，因為他們的野心非常強大。當然，我們可以這樣唬弄孩子，但小老虎逐漸長大，開始有自己的想法後，他們會發現父母的教導並非完全正確，父母的話有些奇怪，只是他們還無法找出哪裡有問題。」

「對於那幸運的老虎家庭來說，雖然餐餐有美味的食物，然而食物難道是從天而降嗎？答案當然是否定的。那些幸運的虎爸虎媽以前曾經飽受肌餓之苦，他們為了跑得更快而不斷練

習，持續磨練狩獵的技巧，即使在捕獵時失敗了上百次，依然不放棄希望。他們知道自己必須更加努力，因為他們對自己的家庭有責任感，更不想淪為家庭的負擔。」

「如果生命的意義在於奮鬥，那麼我們必須奮力而戰。」

「如果生命的意義是和平，那麼我們應該過著與世無爭的生活。」

「如果生命的意義是快樂，那麼我們應該快樂地活著。」

「生命包含了許多答案。關鍵不在於問問題的人，而是在於給答案的人。我告訴你們的一切只是我的答案，每個人都可以選擇要如何過生活，因為那是屬於我們自己的一條人生道路。」教授語重心長地道。

「人的一生裡有許多階段，知曉真實原則的人能夠控管好自己的心理狀態和情緒。我們應該試著了解生命中的每個情

況，以及我們應該選擇哪種方式去處理它。然而，這並不只是與管理的方法有關而已。」

「我們應該要知曉自己當下的心理狀態，就像一場有許多競爭者的比賽，每個參賽者有不同的能力。有人善於用劍，所以我們得想辦法打敗厲害的劍術家；有人善用長矛攻擊，所以我們要找方法勝過長矛好手，又或者有人善於用槍，那就必須找到擊敗神槍手的方法。」

「這聽起來或許簡單，但要贏過一個比我們厲害的人，其實是相當困難的。不過，也並非不可能，因為這個世界上已經存在打敗贏過自己的人，重點是他們跟我們一樣，都是普通人。」

「阻礙會出現來攻擊我們，猶如一群食人魚找尋軟弱、粗心或毫無防備的人。如果我們給予一點點機會，他們就會瞬間撕裂我們的肉。」

「這就像面對許多武藝高強、善用不同武器的鬥士，有時他們不會一個一個輪流攻擊，而是同時衝上前來圍毆自己，他們想阻止我們前進，希望我們倒地，直到沒有力氣再爬起來戰鬥為止，有時候甚至想結束我們的生命。」

「然後，他們會派最精於肉搏纏鬥的戰士做為最後一役。每當我們試圖起身，戰士就會一拳打在我們臉上，讓我們倒地，當我們想要起身反抗，他們就把我們的頭壓在地上，毫不留情猛下拳頭。」

「老天似乎常讓這樣的事情無預警地發生，在沒有任何警告的前提下，這些鬥士輪流或同時對我們展開攻擊，他們全都指向同一個目標，就是要我們向生命中的阻礙舉白旗投降。」

「請問教授，有什麼方法能擊潰這些阻礙嗎？」坐在梅蒂身旁的默薩問道。

「當然有。這世上有許多人已經成功克服阻礙，我曾親自

見過他們。這些人擁有其他人沒有的力量，而且都有一個共通點，一個我自己也有的特質。」

「那是什麼呢？」眾學生異口同聲問道。

「曾經我在克服生命中的困頓時，慢慢的注意到，不同的障礙其實要用不同的方法解決，從中我終於找到了答案。簡單說，這是一種意志消沉時能再次振作的能力；不管跌倒多少次都能再站起來的毅力，一個成功者必備的特質，那就是正向思考的力量。」

「正向思考的力量？那是什麼？」

「正向思考能讓我們做出比預期更好的成績。這股力量沒有形體，也無法觸及，看起來好似不是真的，似乎與夢想無關，但事實上，它確實存在，它就存在於我們的思想中。」

「正向思考擁有強大的力量，讓人能夠排除萬難。未來如

果有人學會善用正向思考的力量，說不定有機會目睹這股力量帶領自己像小鳥般自由自在地飛翔。」

「教授，這是真的嗎？不是魔法或某種巫術？」

「不，這不是魔法，也不是巫術或什麼怪力亂神的東西，一切純粹只是你的思維。這跟成功的第四步有關，接下來我會跟大家講述。」

「在成功的藍圖上所要注重的是，一開始你就要認真想像自己想要成為什麼樣子的人？想成就什麼事情。如果你能真切確實地去想像，你就能用思維的力量讓一切成真。」

「訣竅就在於思想、想像跟做夢。如果你真的想做什麼事，那件事會在你腦中浮現。如果你是個有趣的人，有趣的事物會出現在你每天的生活裡。如果你沉迷於賭博，那你每天只會想到賭博。你會反覆地去想，直到它有能力吸引其他賭徒來到你周遭，然後你會活在賭徒的圈子裡，因為你每天所思所想

的就是這件事。」

「如果你沉迷於酒精和女色，你常常想著這些事，它就會吸引這些東西自動找上你。就像磁鐵把你想要的都吸引過來。由於被吸引而來的，並不會告訴你他們所為何來，因此一切看起來很像是巧合，但其實不然。這是思維的力量，它強大到能時時將我們日思夜想的吸引到我們身邊來。」

「如果我們經常正面思考，同樣擁有正面思考的人就會受到吸引來到身邊。以我自己為例，我擁有正面思考的能力，並將不斷思考成功的力量運用在每天的生活裡，直到這個意念強大到能吸引其他跟我一樣也想成功的人，譬如在場的各位。」

「相同力量的事物會自動吸引相似事物，就像靈感能連結好與壞的事物一樣。如果你是個心思善良的好人，好事情會毫無先兆地發生在你身上，儘管接受就好，要對正在進行的事情抱持信心。或許有時你會懷疑這是否是對的、是否真的是好事。多數人，或者說幾乎所有人，總是認為自己所做的事情

都是對的，但是他們沒有意識到自己可能對其他人造成許多困擾。他們所做事的只是為了自己的利益，他們理所當然地將自己的行為視為是正確的。」

「如果我們只顧及自己的利益，就會造成別人的困擾，這樣說對嗎？」

「是的，多數時候是如此。然而，有些人並不想這樣，以為自己被情勢所逼才選擇這樣的道路，即便他們內心知道這條路是死胡同而且無處可退，但有些人就是執著於此，也就是說，他們是明知不可為而為之。」

「但就我所知，對於抱持正面思考與善念的人，他們不管情勢如何，都會相信自己的善念，他們對自己有信心，而且他們全心全意想著良善的事，成功創造吸引良善事物的力量。即便情況不如預期甚至很糟，最終他們總是能找到出路。」

「當然，沒有人希望落入如此糟糕的狀況，連我自己也不

想要面對這樣境況，所以我每天無時無刻都在想著，要用什麼方式和大家分享我的知識。」

「如此一來，我就沒有時間去想壞的事情。我認為我很幸運，如此熱衷分享我的知識，因此有足夠的力量吸引你們到我的身邊來，那些不好的事情也就自然而然消失了。」

「我並不是預言家，我只是跟你們一樣的普通人。我也不希望遭遇悲傷或焦慮，我總是選擇自己的道路，你們唯一所需要的，就是正確的思維。」

「今天你們已經學習夠多的知識了，現在我要你們去讀第二十四課，有關正確思維的內容。記得要跟同學們討論、交換意見。我們雖然同時接收同樣的訊息，解讀卻可能有所不同。明天早上我們要學習最後一課：成功的步驟。」

喬登教授請學生們自己複習所學，他則回到房裡休息。

學生紛紛走到寫著正確思維內容的黑板前閱讀。許多人把教授在課堂上講述的知識做了筆記；多數學生專心聆聽教授講的每句話，再相互討論來理解內容。有些人聚集在一起交談；有些人在角落獨自思考；有些人則口中唸唸有詞，在走廊上來回踱步，對周遭熙來攘往的人群毫無不在意。

　　梅蒂覺得自己學到了從前不曾知曉的東西，她認為這個地方聚集了許多聰明的人，如教授說的，有志一同的人總是會聚在一起。

　　「走，我們也去讀讀黑板上的知識。」默薩拉著梅蒂去複習教授所教的內容。

　　「我跟你們一起去！」尤明高聲喊道，以吸引他們的注意，並很快地跟上梅蒂和默薩的腳步。

　　「我可以跟妳一起去嗎？」一旁的瑪馬克問梅蒂。

「當然可以。我們一起去吧！我可是要向大家學習呢！」
梅蒂回答說。

「尤明，其實妳不用跟我們一起去，因為妳不但記住教授
所有的教導跟他所說的每一句話，妳還做完黑板上所有知識的
筆記了。」默薩調侃尤明道。

「走吧！我需要再複習一次。」尤明不理默薩的調侃，牽
起梅蒂的手，走向知識黑板。

當他們朝知識黑板走去時，梅蒂聽見一個聲音：「妳知道
嗎？梅蒂，尤明是我們這群人裡面最用功的學生。」瑪馬克也
調侃尤明，但尤明完全不理會他們，只管拉著梅蒂複習今天所
學的知識。

學生們四處走動，閱讀更多的知識黑板。今天他們獲得許
多知識，他們認真複習今天的課程，用心回想著教授所說的每
一句話語。

Lesson 24

正確的思維

想擁有健康要想著「健康不代表不生病」。

想擁有幸福要想著「幸福不意味沒有憂愁」。

想擁有堅強意志要想著

「做得到，不表示不曾感覺到累」。

錯誤的思維就像一塊吸引不佳事物的磁鐵；

會刻意吸引病痛、悲傷與疲憊到我們身邊。

美夢成真學院，喬登教授

Lesson 25

完成生命目標的五步驟：

一、清楚的想像藍圖

二、設下明確達標日期與時間

三、從現在到達標的過程要計畫好方法

四、專注時時刻刻與每一天

五、即刻行動

輕忽任何一個步驟，

可以預期這樣的人無法成功，

或者說會耗費很長的時間才能達標。

美夢成真學院，喬登教授

Lesson 26

完成生命目標的第一步：
清楚的想像藍圖。

讓夢想成真的方式就是
將夢想轉化成生命的目標。
首先，我們必須知道自己想要什麼，
以及想成為什麼樣的人。
重點是只追求一樣真正想要的東西。

有許多夢想的人，
力量會因為夢想的數量而削減。
如果我們有四個夢想，
力量就會被一分為四。
擁有許多夢想是可能的，
但是必須一次只實現一個夢。

美夢成真學院，喬登教授

完成生命目標的第二步：

設下明確達標日期與時間。

我們必須為想做的事情，

訂下明確完成的日期、月份與年份。

決定日期和時間就是決定

哪一天要開始改變生活。

如果不這麼做，

我們會繼續渾渾噩噩過日子，

不曉得何時才會採取行動。

美夢成真學院，喬登教授

Lesson 28

完成生命目標的第三步：

從現在到達標的過程要計畫好方法。

計畫越詳細越能增強效率達成目標。

訂定良好計畫的祕訣：

一、將目標分幾個階段，比較容易完成。

二、踏實、謹慎遵照計畫進行。

三、若原方法不成功，改用新方法試行。

美夢成真學院，喬登教授

Lesson 29

完成生命目標的第四步：

專注時時刻刻與每一天。

運用大腦力量強化正向思維，

專心想著要成為什麼樣的人，

或是自己期望的事物。

如果我們有正確的思維，

在成功的途中便能創造吸引力。

因為正確的思維就像一塊磁鐵，

吸引能達成願望所需的要件，

以及創造成功的事物到我們周遭。

美夢成真學院，喬登教授

Lesson 30

完成生命目標的第五步：

請即刻行動！

如果不馬上有所行動，

嚮往的事物就永遠只是空想。

成功尚未開始，

如果我們不從今天著手，

成功如何發生？

如果知識不被運用，它便毫無用處。

如果憑藉知識展開行動，

就是在運用自己的聰明才智創造人生，

而這樣活著就值得了。

美夢成真學院，喬登教授

Lesson 31

正面思考讓人快樂，

並為那些心懷愁苦的人

帶來難以置信的不同。

美夢成真學院，喬登教授

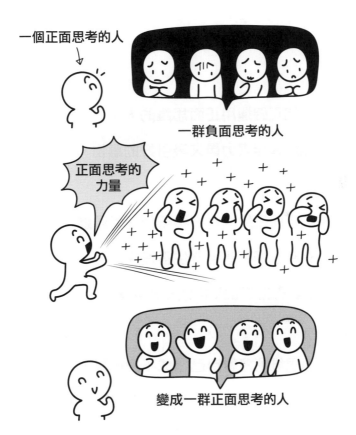

Lesson 32

能正確運用正面思維的人，

就能創造無限力量來吸引好的事物。

正確的正面思維能將好事帶到我們周邊，

有時候好事甚至發生得沒來由。

正面思維能讓悲傷的人變得快樂。

負面思維則會對自己造成不良後果，

負面思維的人只會為自己吸引不好的事物。

美夢成真學院，喬登教授

梅蒂注意到有許多人對了解教授教導的知識很有興趣，儘管大家學到的是相同的主題，但每個人的想法都不相同，梅蒂對此感到有些困惑，不曉得如何找尋答案。

　　「梅蒂，妳怎麼了？妳的表情看起來有點奇怪。」尤明關心問道。

　　「嗯……我在納悶，我們從教授那兒聽到同樣的內容，但是為什麼每個人都有不同的想法呢？」梅蒂坦言心中的疑惑。

　　「這是因為每個人有不同的主要特質。」尤明答道。

　　「也就是年紀、知識跟經驗有所不同。」瑪馬克補充道。

　　「這三種不同讓人們有不同的思維。」默薩也加入話題。

　　「你們怎麼知道這些？」梅蒂問。

　　「這只是喬登教授教過數百堂課中的一部分。走吧，讓我

們去看看這個課程內容的黑板。」尤明説。

四個人相偕走到大廳外，沿途經過石桌和石椅，然後站在一塊黑板前面，上面寫了關於剛才他們討論的內容。

午后的陽光十分和煦，梅蒂感覺到陣陣花香與草香迎面襲來，她聽見微風吹動樹梢時，樹葉像海浪般擾動的聲音，枝頭上的小鳥啁啾聲嘹亮。

梅蒂希望能將這種溫馨的感受永遠留存在記憶中，從她獨自旅行以來，已經流逝許多時光，途中也曾遭遇許多困難，然此時此刻，她體驗到大自然柔和地將她包圍，她全然沉浸在身心的放鬆裡。

梅蒂看著她身邊的三位同伴，內心非常感謝他們給予她溫暖的友誼，她想或許這就是人們所言「人性中的慷慨」吧！

Lesson 33

態度

不同的態度創造不同的成功：

好的態度創造快樂的生活；

壞的態度創造充滿憂慮的生活。

成功的人總是保持一貫的態度；

不成功的人也總是保持一貫的態度。

兩者的差別只在於態度的不同。

美夢成真學院，喬登教授

　　梅蒂離家尋找實現夢想的方法，並且找到了友誼。她獲得的第一份禮物是「朋友的慷慨」，而她會好好呵護這份美好，讓這份友誼永不凋零。

　　她試著理解夢想成真的步驟，好讓自己能真正的去圓夢。梅蒂想起以前村裡的大人曾試圖告誡她，不要為了追求夢想耗費太多心思，因為這世上只有寥寥幾人能實現夢想。

　　現在，在學習到寶貴的功課之後，梅蒂不再相信村裡大人們說的話，她的想法已經與他們截然不同。梅蒂聰穎而且思維像個成年人。她既勇敢又充滿決心，並擁有一股隱藏的力量，她不畏挑戰，深信「我做得到」、「我絕對做得到」。

　　那些大人所欠缺的正是這種思維。每個人生下來都有夢想與希望，但只有少數人勇於面對——自己這輩子嚮往什麼事物的真相，他們擁有面對生命現實的勇氣、有告訴自己想要什麼的勇氣，也有告訴其他人自己這一生想成就什麼的勇氣，以及有為了達到目標而挺身捍衛真實的勇氣。

時間已經不早，學院裡的學生們大都已經上床休息，準備明天跟喬登教授學習更多的知識。

　　梅蒂、尤明與兩位男士也各自回到自己的房間，各自複習今天的功課，以及準備新的一天的學習。

為創造成功而努力奮鬥的人，
會知曉當一個成功人士是什麼感覺。

每個人的成功都得來不易。
真誠讚美那些做到了的人，不要冷語嘲諷，
因為那些譏諷的言語應該對自己說。

不成功的人總是說成功者太過野心勃勃、太幸運，
但卻不去思考他們付出了什麼。

那些不成功的人，

即使決意做某件事情，也不會因此感到興奮；

即使想要前進，卻不知道需要付出努力。

看不到別人奮鬥時流下的血汗以及永不退縮的心；

看不到平凡人也有的勇氣和力量。

不明白生命的樂趣是各式各樣的滋味交雜而成的；

不知道如何面對生命裡的一切事物。

因為不斷逃避，以至於不知道如何獲得想要的東西，

不知道自己內心深藏的能力；

不知道人有跌倒後再站起來的堅忍；

不知道人生的目標能讓自己的生活變得更美好；

不明白真實的生命是他們所擁有的唯一生命。

快樂並不是建築在我們是什麼樣的人、
我們身在何處,或我們所在的時間點。

唯有在奮鬥的當下,我們才能品嚐奮鬥的快樂。

那些總是逃跑,不敢面對問題的人,
永遠無法品味為人生奮鬥的快樂。

Chapter

7

圓夢的最後一曲

　　隔天早晨，學生們一如往常聚集在中央大廳，儘管大家來自不同的地方，但因為抱持同樣的想法，才會不約而同來到此地。他們將喬登教授視為人生楷模，相信他能幫助自己找到成功，並且最終讓他們實現夢想。

　　喬登教授經歷過靠自己的力量創造成功，他十分渴望分享這份經驗，他將自身經歷編輯成簡單易懂的課程。

　　梅蒂長途跋涉來此尋找創造成功以及圓夢的新方法，這趟旅程還讓她結識了不少新朋友。長久以來她的夢想一直都在，只是自己沒有意識到罷了！

　　隨著越來越多人聚集在大廳，漸漸大家都就定位了，準備好要開始聽課，喬登教授現身台上。

　　「大家早安。」教授向學生問好。

　　「教授早安。」學生回應道。

「今天我們要談談第五步，也就是如何設立達到成功目標的最後一步，就是採取行動！聽起來很簡單吧？」

「聽起來似乎簡單，但是該怎麼做呢？」一名學生問。

「只要從第一到第四步、按照計畫進行就可以了。但是對有些人可能很難執行，不過，起而行是成功的指標。」

「教授，就這樣嗎？起而行？」同一名學生再次發問。

「是，就是行動。多數人從有想法開始，任隨時間流逝，然後繼續想著，直到年紀越來越大，依然只是想著。」

「多數不成功的人都善用腦袋空想，他們有創新的想法，有許多計畫，但永遠不會付諸行動，只是在腦海中想像自己去做了而已。」

不成功的人只會空想，

永遠不會付諸實行。

一旦開始採取行動，

那就是我們開始邁向成功的時刻。

成功者是劍及履及的人。

「不幸的是，成功不能仰賴空想。相反地，成功取決在我們做了多少、努力了多少，以及我們距離的目標還有多遠。」

「只是空想沒有行動的人很多嗎？」一名學生舉手問道。

「世界上半數以上的人是如此。一百個人當中有超過五十個人只是讓他們的想法在腦中流動，卻沒有開始行動。」

「真的有這麼多人是這樣嗎？」學生驚呼。

「是的，真是如此。超過一半的人甚至不曾開始嘗試，只是繼續空想。」

　　「而另外五十個人有採取行動，他們是有機會做到的，可是當中有四十個人用的是錯誤的方法。」

　　「哇，五十個人當中有四十個人用了錯誤方法，是嗎？」一名學生驚訝問道。

　　台下同學議論紛紛，覺得教授提出的論點令人感到不可思議，都已經採取行動了，不成功的比例竟然還這麼高，才體會到正確與錯誤的方法影響如此深遠。

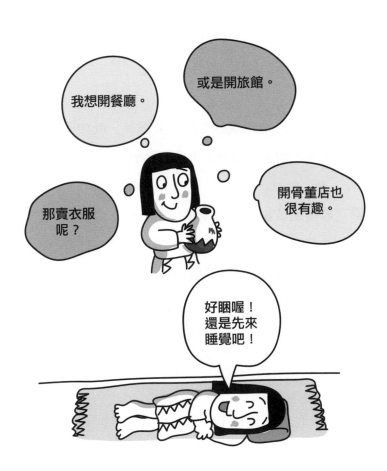

「沒錯。許多人用錯了方法，所以無法達到預期的成功。就像你們長途跋涉來此上課，你們當中有些人住在別的城市，可能要花六個月才到得了這裡，有更多人則住得更遠，得花上一年甚至超過兩年的時間才能到達學院。」

「回到主題。用錯誤的方法試圖圓夢，就如同選擇錯誤的方向到處亂走，最後當然無法抵達目的地。」

喬登教授繼續說明：「就像那五十個當中的四十個走錯方向的人，他們不曉得何謂正確的方法，只是一直走、一直走，不知道應該遵從哪條路徑才是對的。」

「所以他們的努力到頭來只是枉然，是這樣嗎？」一名學生舉手問道。

「是的。他們不僅徒勞無功，也浪費了許多時間與不少金錢，有些人甚至因此喪失鬥志。」

「喪失鬥志⋯⋯這樣太糟糕了吧？」學生問。

「你說得沒錯。在這個課程的末了，我會告訴你們更多真相。至於剩下的十個人，其中也只有一個人能獲得成功。」

「其餘九個人呢？」

「他們半途而廢。」

「他們沒有照計畫而行嗎？」

「有啊，他們完全照著計畫去執行，但多數時候，事情並不會照著他們所預期的發展。」

「我覺得這有點難以理解，可以請您多加解釋嗎？」

「好的。在追尋夢想的一百個人中，只有五十個人真的有所行動，而另外五十個人只是空想。然而在付諸實行的五十個人中，又有四十個人的方法是錯的，他們不但無法成功甚至因

此迷失了。至於最後的十個人，其中又有九個人選擇放棄，最後只有一個人可以讓夢想成真。」

「十個人中只有一個人成功，那麼其他九個人呢？」學生追問道。

「這九個人雖然曉得方法，也能正確地加以運用，但有時候他們不知道如何因應環境來調整自己，因為事情不會永遠全部如我們所預期的來發展。」教授說。

「從開始有想法到開始行動，這兩個時間點是不一樣的。我們都知道氣候會變，萬事萬物也是如此，事物總是會隨著新的情況與環境而產生變化。因此，能隨著情況不同而靈活調整自我的人，才能達成目標。」

「剩下的九個人，一半的人太僵化，他們盡可能按照計畫做事，有時候卻不知道應隨著當時的情況有所調整。而另一半的人雖曉得變通，最終卻沒有恆心毅力。」

「他們在快要達到目標前，放棄了。有時成功其實已經離他們不遠，但是他們還是太快選擇放棄。簡而言之，放棄的人就不會成為贏家。」

「人必須學會接受自己的失敗，儘管人從來都不希望如此。這些放棄的人只是失去所有的耐心，如此而已。」

「最後要記住的一個重點是，絕對不能喪失鬥志！鬥志猶如全世界般一樣重要。在抵達目的地前放棄的最後一群人，他們或許是因為失去了奮鬥的意志而選擇放棄。多數人總是能禁得起身體上的疲倦，因為我們如同動物一般，都是需要付出努力才能獲得想要的東西。」

「然而人們一旦喪失鬥志，就什麼也做不了，甚至因為太失望與絕望，導致一輩子都無法再度站起來為自己奮鬥。」

「我們該如何面對這種絕望的心呢？」

「人心是最難處理的，而且狀況因人而異。如果你不希望落入這種景況，你必須試圖找到最正確的方法，如此一來你才不會過度疲乏。」

「有些人透過周遭的人、摯愛的人、家人、小孩或同事來提振自己的意志力。不過也有那種不需要從任何人身上得到鼓勵的超堅強之人。」

「那我們要怎麼曉得自己是不是這種人呢？」

「一切純粹取決於個人。有的人自年輕就鍛鍊心靈，一直到成年了從不間斷。有些人天生意志薄弱，不敢面對挑戰，那麼當他遭遇阻礙的時候，必然容易陷入絕望而放棄。」

「但是對於一些從年輕就必須掙扎、努力，或是得面對生命中許多困難的人而言，他們的心志都比其他人堅強。」

「所以我現在要做個總結。你們已經學到創造成功需要許多不同的條件，你該如何取得成功，並沒有固定的準則，因為

每個人有不同的事業，一個人獲得成功的方法並不能套用在另一個人身上。」

「你們只要知道，成功者與不成功者的第一個不同，在於想法的不同。」

「首先，成功之人必有正確的思維，接下來他們需要有正確的行動。除了正確的行動之外，他們一定要有自信、耐力、奮鬥的精神，以及堅定的意志與信念，絕不能放棄，或向阻礙屈服。」

「想要成功必須有這些優點，是嗎？」

「當然！優點就像一張保護你遠離危險的盾牌，它能防止邪惡的事物靠近你，也能為你吸引善良與慷慨的人，更能幫助你擁有面對嚴峻挑戰的力量。」

教授話鋒一轉，面帶喜悅地宣布，說：「今天我有一個好消息要告訴大家，在座的學生有一名得到了畢業的資格，已

經是時候，讓她運用所學去面對這個世界了。這名學生就是尤明，我們既聰明又漂亮的女孩！」

「是我嗎？」驚喜的尤明瞬間漲紅了臉，她還沒有把握自己是否已經學會了所有的知識。

「沒錯，就是妳。從妳向我提出的眾多問題，以及過去九個月裡跟妳交談的過程中，我知道妳已經具備了足夠的知識，能夠獨自面對這個世界。」

「但是我……」尤明試著說些什麼。

「妳只是對自己還不夠有自信，對吧？隨著妳開始採取行動，放膽去做決定，這種沒有信心的感覺會逐漸消失。如果妳不敢做決定，就無法獲得勇氣。」

喬登教授接著鼓勵說：「尤明，妳已經具備面對真實世界的能力了，去實現妳的夢想吧！該是妳有所行動的時候了。」

用第一種配方
製作的麵包

用第二種配方
製作的麵包

用第三種配方
製作的麵包

　　「教授，我很感謝您對我的啟蒙，原本我是一無所知的人，而今成為理解您所有教導的人，我會謹守您的教誨。」尤明發自內心感激地說。

　　「其他同學，你們該去複習功課了，我們明天見。」

　　「謝謝教授。」學生們異口同聲說。

　　「尤明，恭喜妳。」每個人都來向她道賀。

　　「我們都為妳感到好開心。」瑪馬克與默薩也表達了他們的喜悅與欽佩之情。

　　「謝謝！請幫我照顧梅蒂。」尤明說。

　　「當然，我們會好好照顧妳的小妹妹。」

　　「尤明姊姊，謝謝妳為我做的一切。從我一來，妳就很照顧我，我會努力儘快完成學業，然後去妳家拜訪妳。」梅蒂淚

眼汪汪地向尤明道別，她們已建立像姊妹般的情誼。

梅蒂為尤明能夠畢業感到高興，同時也覺得自己一定會想念她，尤其當日後感到孤單時，將沒有人可以傾吐……然而就在梅蒂此一念頭剛生起時，她馬上轉念一想，自己還有兩個哥哥以及學院裡其他同學可以說話啊！那種孤單的感覺頓時消失無蹤。梅蒂相信，在不久的將來，她一定可以像尤明一樣，不必花太長時間就可以畢業下山，面對外在世界的挑戰。

於是梅蒂開始立下她的第一個目標，也就是第一步，她決定用和尤明同樣的時間完成學業。換句話說，梅蒂打算用九個月的時間努力學習，然後全力以赴逐夢去。

梅蒂設定了她的第一個目標。

此時，金色的夢想再度出現，來到梅蒂的夢想旁邊。

「你生為梅蒂的夢想真是幸運，這個小女孩很聰明，她才來這裡不過短短幾天的時間，就已經知道怎麼運用教授所教的

東西了。」金色夢想興高采烈地説。

「金色夢想先生，真的嗎？」梅蒂的夢想驚喜問道。

「是啊！你要知道，對每個人來説，教授所教的東西其實很難，只有少數人能很快地實際運用。那些比其他人早畢業、離開學院的人，都是能夠立刻訂下目標，就像你的老闆現在這樣。」金色夢想説。

「為什麼教授不去規定每個人都要這樣做呢？」梅蒂的夢想不解問。

「這是教授的方法之一。他希望每個人都能主動依照自己的狀況來運用知識。他不想告訴他們所有事情，那些能活用所學的人，就是越來越靠近成功的人。」

「這是什麼意思呢？」

「每個人的腦袋都一樣。最重要的是，他們當中誰比較有決心。若人的腦容量一樣，那麼聰明程度應該也一樣，關鍵只在於每個人的想法不同而已。當教授要大家去休息，多數人就真的去休息，但那些在求學過程中成功的人，他們會在別人休息的時候，複習和練習所學的新知識。」

接著，金色夢想補充道：「人類的成功關鍵，全然在於他們自己的思維上。」

「我說你很幸運，因為你的老闆知道如何依照自己的情況運用所學，我為你高興，但是現在我得離開了，再見。」梅蒂的夢想都還來不及說再見，金色夢想便消失了。

於是梅蒂的夢想喃喃自語：「我對我老闆也很有信心，雖然現在我只是一個小女孩的小夢想，但是有一天我絕對會成為一個偉大的金色夢想。」然後小夢想悄悄回到老闆身邊。

　　趁著天光明亮,梅蒂順著山路一直走到山的另一面。她駐足在山頭的一隅,從這兒能遠眺一望無際的風景,山下的房子像棋盤上的棋子,點點分布,顯得十分壯麗。

　　梅蒂認真思索著自己的夢想,即使用一輩子的時間也一定要達成的願望,她對自己有信心,認為自己肯定會美夢成真。於是,梅蒂抬頭仰望藍天白雲,朝著廣闊的天空,充滿自信、揚聲大喊:「我一定會做到!」

Lesson 34

你覺得這是「巨大」，它就是「巨大」。

你覺得這是「渺小」，它就是「渺小」。

你認為某樣東西「很棒」，它就「很棒」。

你認為某樣東西「不好」，它就「不好」。

你覺得「很快樂」，那就是「很快樂」。

你認為「做不到」，那就是「做不到」。

你認為「做得到」，那就是「做得到」。

世界上沒有人能決定我們的人生。

唯有我們才可以定義自己的人生。

美夢成真學院，喬登教授

成功，

掌握在我們自己的手中。

最好的時光

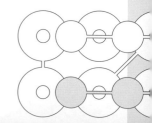

迎向新起點

世界總是多變,而唯一不變的是——
你擁有讓自己發光的能力。
只要你願意,現在就是新起點。

人生大事之自覺的起點:

30道人格習題,
拆解紛亂的思緒

CXZ0004,定價250元

人生大事之改變的起點:

10個自我改造提案,
與全新的自己相遇

CXZ0005,定價250元

人生大事之思考的起點:

40則暖心叮嚀,
發現你身上的美好

CXZ0006,定價250元

曾經,我們都是一只空杯子,
隨著年歲和經歷,杯子慢慢被填滿,
以各種挫敗、體悟、悲喜堆疊出今天的我們。

想要鑽研學問還是追逐權力?
想要增廣見聞還是累積財產?
想要登峰造極還是沒沒無聞?

是時候清空杯底的灰塵與碎屑了,
丟下不必留存的渣滓,淘洗一個全新的自己。

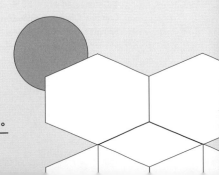

他們說的美夢成真

作　　者／丹榮·皮昆（Damrong Pinkoon）
譯　　者／王茵茵
主　　編／林巧涵
編輯協力／涂瑋芹
執行企劃／許文薰
美術設計／亞樂設計
內頁排版／唯翔工作室

第五編輯部總監／梁芳春
發行人／趙政岷
出版者／時報文化出版企業股份有限公司
10803 台北市和平西路三段 240 號 7 樓
發行專線／（02）2306-6842
讀者服務專線／0800-231-705、（02）2304-7103
讀者服務傳真／（02）2304-6858
郵撥／1934-4724 時報文化出版公司
信箱／台北郵政 79 ～ 99 信箱
時報悅讀網／ www.readingtimes.com.tw
電子郵件信箱／ books@readingtimes.com.tw
法律顧問／理律法律事務所 陳長文律師、李念祖律師
印　　刷／盈昌印刷有限公司
初版一刷／2018 年 5 月 18 日
定　　價／新台幣 260 元
行政院新聞局局版北市業字第 80 號

時報文化出版公司成立於一九七五年，並於一九九九年股票上櫃公開發行，
於二〇〇八年脫離中時集團非屬旺中，以「尊重智慧與創意的文化事業」為信念。

他們說的美夢成真／丹榮·皮昆（Damrong Pinkoon）作
王茵茵譯. -- 初版. -- 臺北市：時報文化，2018.05
譯自：Dream come true　ISBN 978-957-13-7405-5（平裝）
1. 自我實現 2. 生活指導　868.257　107006314